Steffen Walentowitz

Der große Regen

aare

Tief im Bärenwald ist es ruhig. Das Laub raschelt leise, und es duftet nach Walderde und Pilzen.

Dicht am Stamm einer Buche liegt der Zwergfuchs Renke und döst.

Ganz in der Nähe, auf dem Zweig einer Birke, sitzt ein kleiner Vogel und singt. Es ist der Blauvogel, Renkes Freund. Heute ist ein warmer, trockener Septembertag. Renke und der Blauvogel wollen gleich aufbrechen, um einen alten Wegweiser zu reparieren. Renke trollt sich in seinen Bau und packt alles, was er braucht in eine Tasche.

Im Tal der Dachse steht der Wegweiser schon seit vielen hundert Jahren. Er zeigt den Tieren, wo sie die weise Eule finden können und den See, das Blaubeerfeld und die Blumenwiese.
Wenn das schiefe Schild nicht bald wieder festgesteckt wird, fällt es noch herunter.

Als der Blauvogel seine Herbstmelodie zu Ende gesungen hat, machen sie sich auf den Weg in das Dachstal. Die Sonne scheint, und es wird bestimmt nicht lange dauern, bis der Wegweiser repariert ist.

Doch schon nach kurzer Zeit verschwindet die Sonne hinter schweren, dunklen Wolken. Starke Winde eilen herbei und stürmen durch die Baumkronen. Ein paar Wassertropfen fallen vom Himmel, und schon bald fängt es richtig an zu regnen. Renke und der Blauvogel machen sich eilig auf die Suche nach einem Unterschlupf.
Die zwei bleiben bei ihrer Suche aber nicht allein. Ganz überraschend hüpft aus einem Brombeerbusch die Haselmaus Charlotte hervor. «Charlotte!» ruft Renke erstaunt. «Komm mit uns!» sagt der Blauvogel. «Wir suchen uns ein trockenes Plätzchen.»

Und siehe da! Schon bald entdecken sie eine mit Moos besetzte, hohle Baumwurzel. Geschwind schlüpfen sie hinein.
Die drei Freunde wühlen sich in das trockene Laub und warten und warten und warten. Der Regen aber wird immer stärker.
«Verzwickt, verzwackt!» sagt der Blauvogel. «Ein ungewöhnlicher Regen. Der wird lange andauern. Was machen wir jetzt?»

«Wir erzählen uns Geschichten!» ruft der Blauvogel begeistert. «Ich fang gleich damit an.
Ihr wißt, ich bin ein Zugvogel und fliege jedes Jahr nach Afrika, um dort den Winter zu verbringen.
Eines Tages entdeckte ich in der Dornbuschsavanne einen riesengroßen Dunghaufen. Kein Zweifel, dachte ich, hier lebt ein Riese!
Die Neugier packte mich, und ich flog hoch hinauf in die Luft. Doch von dort oben konnte ich weit und breit keinen Riesen entdecken. Als die Dämmerung hereinbrach, verkroch ich mich in einen Dornbusch, um zu schlafen.

Ein ohrenbetäubend lautes Schnauben und Trompeten riß mich am anderen Morgen aus tiefem Schlaf. Dicht vor mir stand der Riese. Grau und mächtig wie ein Berg. Er beachtete mich aber gar nicht, sondern brach mit seiner furchtbar langen Nase einen Zweig nach dem anderen aus dem Dornbusch, um sie dann mit lautem Knacken zu verspeisen.

Der Blauvogel macht nun eine Pause und läuft kurz hinaus in den Regen. Mit einem Zweig kritzelt er einen Riesen in den Sand.

«Die Haut des Riesen war so runzelig und faltig wie Baumrinde. Und die großen Segelohren machten beim Hin- und Herschwenken richtig Wind. Und friedlich war er auch.
Ich wünschte mir bald, so groß und stark zu werden wie ein Langnasenriese. Doch dann fiel mir etwas ein: Als Riese könnte ich gar nicht mehr fliegen! Ich wäre viel zu schwer! Nein, da bleib ich doch lieber ein Blauvogel, klein und federleicht.»

Im Bärenwald regnet es noch immer sehr stark. Überall bilden sich große, trübe Pfützen und lange Rinnsale. «Wir sitzen hier in einer hohlen Baumwurzel», sagt Renke, «und da fällt mir eine Baumgeschichte ein.

Zu der Zeit, als ich noch ein Fuchswelpe war, hüpfte eines Tages eine Zikade aus dem Gras hervor und fragte: ‹He, Zwergfuchs, sag mal, kennst Wichtelbeeren?›

‹Ja, aber sie wachsen nur an einer einzigen Stelle im ganzen Bärenwald, auf der Binseninsel im Waldsee›, antwortete ich, ‹aber warum fragst du?›
‹Nun, Baldine Buschwindblatt, der einzige sprechende Baum weit und breit, ist krank›, sagte die Zikade. ‹Sie hat das Blätterfieber und ist schon ganz heiser. Wenn sie nicht bald Wichtelbeerensaft bekommt, verliert sie noch ihre Stimme. Du mußt ihr ganz schnell von den Beeren bringen!›
Sprach's und hüpfte wieder fort, ohne mir zu sagen, wo ich Baldine finden konnte.
Ich erzählte alles meinem Großvater, und wir eilten sofort an den Waldsee und pflückten auf der Binseninsel einen Zweig voller Wichtelbeeren. Dann machten wir uns auf die Suche nach Baldine Buschwindblatt.

Das war aber gar nicht so einfach. Wir fragten zuerst den Braunbären. ‹Nein›, brummte er, ‹ich kenne keinen sprechenden Baum.› Und auch das Ziesel, das auf seinem breiten Rücken saß, sagte nur: ‹Weiß nix, weiß nix!›

Niemand wußte von der alten Baldine.
Nicht der Feuersalamander.
Nicht der Luchs.
Nicht der Waschbär.
Nicht der Gimpel.

Sollte die Zikade mich etwa an der Nase herumgeführt haben?
Zu guter Letzt fragten wir die weise Eule. Mit großen, klaren Augen blickte sie uns lange schweigend an. Dann sprach sie: ‹Baldine ist krank. Was wünscht ihr von ihr?›

‹Wir bringen die Wichtelbeeren›, antwortete Großvater.
‹Oh, sapperlot!›, sprach sie. ‹Bestens, bestens! Ich wußte gar nicht, daß es im Bärenwald noch welche gibt. Hört ihr in der Ferne das Klopfen des Buntspechts? Geht hin, dort steht der Baum.›

Baldine Buschwindblatt war ein sehr alter, buckliger Baum mit knorrigen Ästen.
‹Baldine!› rief ich. ‹Wir bringen deine Medizin!›
‹Oh, ... was für eine Überraschung!› flüsterte der Baum mit tiefer, heiserer Stimme. ‹Wenn ihr wüßtet, wie schlecht ich mich fühle!›

Da ergab sich eine kleine Schwierigkeit.
‹Was machen wir nun mit den Wichtelbeeren?› fragte ich, denn Baldine hatte schließlich nirgendwo einen Mund.

Der alte Baum rief mit krächzender Stimme einen Namen: ‹Wittje!›
Und noch einmal: ‹W i t t j e!›
Da schaute plötzlich ein Hamster, der unter dem Baum wohnte, aus seinem Bau hervor.

Nachdem Baldine erzählt hatte, was nun zu tun war, pflückte Wittje die Wichtelbeeren von dem Zweig und nahm sie mit in seinen Bau. Ich ging mit, denn ich war noch klein genug, um durch die engen Hamstergänge zu kriechen.
‹Guck mal!›, sagte der Hamster. ‹Das sind Baldines Wurzeln. Jeder Baum ißt und trinkt damit. Ich lege die Wichtelbeeren hier in den Höhlengang, drücke etwas Saft heraus und dann kann Baldine davon trinken.›
‹Ui!›, krächzte der alte Baum. ‹Schmeckt ganz schön sauer.›
Der Saft der Wichtelbeere wirkte schnell, und schon bald war das Blätterfieber verschwunden.

Baldines Wurzeln waren tief in den Waldboden gewachsen. Sie hielten den Baum so immer an derselben Stelle fest. Aber das fand Baldine Buschwindblatt gar nicht so schlimm. Langeweile kannte sie nicht.
Auf ihren Ästen landen Hirschkäfer. Blattläuse dürfen Blättersaft schlürfen. Kleiber suchen an der rauhen Rinde nach Insekten. Spechte klemmen Zapfen in die Astlöcher, um die Samen besser herauspicken zu können. Ringeltauben ruhen sich in der Baumkrone aus. Eichhörnchen klettern den Stamm hinauf. In den hohlen Ästen hausen Fledermäuse. Rehe können sich hinter Baldine verstecken. Und im Winter wird sie von Schneeflocken gekitzelt.

Ich staunte, wie groß und alt so ein Baum doch werden kann. Baldine kam als winzige Eichel auf die Welt.
Im ersten Jahr bekam sie nur zwei Blätter und war so klein wie ein Waldveilchen.
Und als wir Baldine die Beeren brachten, war sie schon 922 Jahre alt. Schief und knorrig sah sie nun aus.
Ich stellte mir vor, ein dicker Baum zu sein. Das Rascheln vieler Blätter über dem Kopf und mit einer tiefen Stimme im Holz.»

Noch immer belagert ein endloses Meer dunkler Wolken den Bärenwald. Es regnet und regnet.
Die drei Freunde essen ein paar von Renkes getrockneten Heidelbeeren.
Da sagt Charlotte: «Ich möchte euch auch etwas erzählen.

Vor ein paar Tagen pflückte ich Brombeeren. Ich sammelte soviel ich tragen konnte. Dann, auf dem Weg nach Hause, passierte es. Eine Beere kullerte mir davon. Ich legte die anderen auf die Erde und nahm sofort die Verfolgung auf.

Die Brombeere rollte in eine seltsame Höhle hinein. Ich rannte hinterher, und als ich die Beere packen wollte, setze sich plötzlich die ganze Höhle in Bewegung. Rumpel, rumpel! Immer schneller rollte sie über den Waldboden. Dann – rumms – blieb sie plötzlich wieder stehen. Jetzt aber nichts wie raus! Doch die Tür dieser seltsamen Höhle war fest zugeklemmt. Ich bekam einen Riesenschrecken. Mein Herz pochte. Was jetzt? Ich rief um Hilfe, ganz laut: ‹Hallo, kann mich jemand hören? Hallo, ich komm hier nicht mehr raus!›
Niemand antwortete.

Dann kam die Nacht. In der Höhle wurde es kalt und feucht. Ich aß die Brombeere, die noch in der Höhle lag. Wie gern hätte ich jetzt im warmen Laub meiner Wohnhöhle gelegen und noch mehr von den Beeren genascht! Hier in der Höhle war nichts, nicht einmal ein Blatt, auf das ich mich hätte legen können. Ich hockte mich auf den harten Höhlenboden und schlief vor Erschöpfung ein.

Am anderen Morgen weckte mich eine zarte Stimme: ‹He, Haselmaus, was machst du da?› Eine Spitzmaus blinzelte durch den engen Türspalt. Kaum hatte ich ihr von meinem ganzen Pech erzählt, verschwand sie auch gleich wieder. Hatte sie überhaupt verstanden, was ich sagte?

Doch die Spitzmaus kam mit ihren Geschwistern und einem Wildkaninchen zurück. Sie zwängten einen dicken Zweig in den Türspalt und stemmten mit allen Kräften. Langsam und mit einem Knarren öffnete sich die Höhlentür.

Mir fiel ein Stein vom Herzen. Ich sprang sofort heraus, umarmte meine Retter und lud sie zum Brombeeressen ein.
Wenn ich jetzt bald meinem Winterschlaf halte, werde ich bestimmt von meinem Riesenschrecken träumen.»

Kaum hat Charlotte ihre Geschichte zu Ende erzählt, da schauen die drei erstaunt aus ihrem Unterschlupf heraus. Der ganze Bärenwald ist in ein helles, freundliches Licht getaucht. Der Regen ist vorbei. Die Sonne ist wieder da.

Einmal recken, einmal strecken, und dann machen sich die drei weiter auf den Weg in das Dachstal.

Schließlich erreichen Renke, Charlotte und der Blauvogel den Wegweiser. Doch sie kommen zu spät. Das Blumenwiesenschild liegt zerbrochen auf dem Boden.
«Macht nichts», sagt Renke, «wir bauen ein neues Schild und kommen morgen wieder.»

Tief im Bärenwald ist es ruhig. Ob es auch morgen regnen wird?

Allen, die den Regen lieben.

Steffen Walentowitz
Der große Regen

© 1994 Text, Illustrationen und Ausstattung
by Aare Verlag (Sauerländer AG),
Aarau, Frankfurt am Main, Salzburg

Printed in Belgium

ISBN 3-7260-0428-9
Bestellnummer 02 00428

Alle Rechte vorbehalten.
Das Werk und seine Teile sind urheberrechtlich geschützt. Jede Verwertung in anderen als den gesetzlich zugelassenen Fällen bedarf deshalb der vorherigen schriftlichen Einwilligung des Verlages.

Die Deutsche Bibliothek –
CIP-Einheitsaufnahme

Walentowitz, Steffen:
Der große Regen / Steffen Walentowitz.
Aarau ; Frankfurt ; Salzburg :
Aare, 1994
 ISBN 3-7260-0428-9
NE: HST